그림자 속에 숨겨 두었다

문학들 시인선 041

홍관희 시집

그림자 속에 숨겨 두었다

문학들

시인의 말

콕 집어 말하지 않더라도
힘든 것들은 대개
욕심과 과잉이 데리고 오지

더도 말고 덜도 말고
너와 나 그리고 우리가

수위를 조절하며 흐르는 강물처럼
한 끼를 줄여서라도
이만큼만 꿈꾸며 사랑하면 안 될까?

더도 말고 덜도 말고
조금은 배가 고픈 듯하게

밥도 마음도 관계도
시도, 넘치지 않게
이만큼만

다만
올해 회갑을 맞는
그녀를 사랑하는 마음만은
한 걸음 더

2025년 겨울
드들강 징검다리 위에서 시어를 낚고 있는
홍관희

차례

제2부 누구는 종소리를 쇳소리로만 듣고 누구는 말로도 들었다

제3부 여기에서도 그곳을 살았다

제1부

너를 닮은 꽃은 언제나 강 너머에 있었다

키 작은 나무

키 작은 내가
곁에 있는 키가 큰 너희를
날마다
내 그림자 감옥에 가두지 않는 것만으로도
위로가 된다

키가 작아서 다행이다

나무는 그런데

나무는 내 뒤통수를 수도 없이 봤겠지만
길가에서도 정원에서도 숲에서도
나는 나무의 뒤통수를 본 적이 없다
얼굴이 몇 개나 되는지
내가 나무에게 다가갈 때마다
방향에 관계없이
나를 맞아준 건 언제나 나무의 얼굴이었다
찾아오는 어느 누구에게도 나무는
뒤통수를 보이지 않았다
뒤통수로 말하는 법도 없었고
내가 나무 주위를 빙빙 돌면
나무도 내 마음을 따라 돌았다
도는 방향이 오른쪽이든 왼쪽이든
동서남북 어느 방향이든
뒤통수로 호박씨 까는 법 없이
모두에게 공정한 공정의 교범 같았다
나무는 그랬다

나무는 그런데

너를 닮은 꽃

세상에
너를 닮은 꽃이 있을까 싶은데
강 너머에 너를 닮은 꽃이 핀다 하여
오롯이 그 꽃만 생각하면서
강을 건넜다

드넓은 꽃밭이 나를 반겼으나
강을 건너면 닿을 수 있을 것 같던
너를 닮은 꽃은 보이지 않았다

수백수천 종의 꽃들이 다가왔으나
꽃이 보이지 않았다

강을 건너기 전에는
강은 한 번만 건너는 것인 줄 알았다

너를 닮은 꽃은 언제나
강 너머에 있었다

더도 말고 덜도 말고

그림자를 끌고 다니는 햇빛은
눈부시지만 선한 것만은 아니다

어느 쪽이든 한쪽으로 기울면
삶이 경사진다

더도 말고 덜도 말고
좌우 대칭을 이룰 때까지
더와 덜을
천칭저울에 달았다

편견처럼 한쪽으로 기운 어깨에
눈길이 쏠렸다

더도 말고 덜도 말고
더는 덜하고 덜은 더하기를 반복하고서야
저울의 좌우 어깨가 대칭을 되찾았다

지루한 장맛비가 그치고

16

한쪽 어깨에 줄곧 내리던 기다란 통증도
그쳤다

둥근 선물

가진 것이 넉넉지 않은 내가
선물을 주겠다고 하면
네 입이 동그래질 것 같아
그 입에 딱 맞는
둥근 감탄사를 준비했어

오오~
와아~
우와~
이야~

네 입에 빵빵하게 넣어주고 싶은
알사탕처럼
둥근 감탄사

고봉밥을 담은 밥그릇처럼
뽀뽀하자고 내미는 입술처럼
둥근 감탄사

말하는 입이나 듣는 마음이
동그랗게 겹치는
둥근 감탄사

너를 닮은

오오~
와아~
우와~
이야~

생의 집 한 채

생의 집 한 채 짓는 순간들의
합이
사는 동안이다

한 번도 완공해 본 적이 없는
미숙련 목공이
시간이라는 자재를 사용해
톱질 망치질 대패질 해 가며
한 번 지으면 돌이킬 수 없는
생의 집을 짓는다

수천수만 날 집을 짓다가도
숙련공 반열에 오르기 전
생의 현장에서 밀려나는 불문율은
눈물겹게 공정하다

설계도면을 폈다 접었다를 반복하다가
허름한 집 한 채도 정히 짓지 못한 채
허리춤에 매단 연장주머니와 모아 둔 건축 자재들을

20

고스란히 공空에 내려놓고
없는 곳으로 처연히 돌아가는
미숙련 목공의 뒷모습은
누구에게나 내장된 외면하고 싶은 미래이다

짓다 만 생의 집은
상속자도 재건축업자도 다시 지을 수 없고
리모델링도 불가하니
사는 동안
온기가 떠나지 않는
생의 집 한 채
예쁘게 지어 보기로 했다

어머니의 눈병

어머니는 늘
세상의 중심에 자식들을 앉히셨다

망원렌즈로 피사체를 끌어당기듯
지구촌 어디에 있든
마음의 눈 가장 가까운 곳까지 자식들을 끌어당겨
어루만지듯 바라보셨다

자식들만 바라보고 살던 어머니가

―느그 얼굴은 또릿헌디
시상이 안개꽃밭맹키로 뿌애부려야
왜 근다냐?

병원에서도 밝혀내지 못한 어머니의 눈병
곧잘 카메라를 들여다보면서 알게 되었다

초점을 자식들에게 맞추고
자식들 바라보는 일에만 몰입하다 보니

뒷배경이나 주변 풍경은 저절로
아웃포커스가 된 것이다

세상의 중심에 당신이 앉으시면
나을 수 있는
아름다운 눈병인 것이다

대학로에서 별을 바라보는 방법*

지금 꽃이 아니면 어때
별을 바라볼 수 있다면

혼자서 가면 바람이 길이 되고
둘이서 가면 서로가 길이 되는

날마다 떠나고 있기에
날마다 돌아오기도 하는 청춘의 거리

나무 한 그루가 숲을 그러안고
냇물 한 줄기가 강을 품고 달리듯

산문散文의 너른 일상의 뜨락을 지나
운문韻文 같은 너를 향해

굽이굽이 산 넘고 강 건너 빌딩숲을 뚫고
나를 데리고 너에게 가는 길
너를 통해 나를 보러 가는 길

지금 내가 꽃이 아니면 어때
별을 바라볼 수 있다면
운문 같은 너를 바라보는 동안
나를 만날 수가 있다면

* 홍승안 배우 데뷔 10주년(2024년 10월 16일)을 기념하며 대학로에서 쓴 시

그림자 2

그림자 속에 숨겨 두었다는
길을 찾기 위해
그림자 속을 뒤지고 다녔다

그림자 속에 숨겨 둔 그 길이
아부지의 길인지 나의 길인지
구별이 되지 않아 헤맸다

그림자 속 길을 찾는 일이
나를 찾는 일만큼이나
아득하였다

다 된다고 말을 했는데

다 된다고 말을 했는데
콕 집어 이것도 되느냐고 되물어 보면
네 라는 대답이 얼른 나오지 않고
검증 프로그램이 자동으로
내 안의 기억 저장자치를
샅샅이 누비고 다닌다
분명히 다 된다고 통 크게 말을 했는데도
이것도 되느냐고 되물어 보면
순간 안개비가 내리고
다 된다고 이미 말을 했음에도
다 된다는 말 속의 일부에 불과한
그것도 되는지를 다시 판단하려는
불완전한 서성거림이 있다
다 된다고 말을 했는데
이것도 되느냐고 습관처럼 되물어 보는 너에게
네 라는 대답을 얼른 하지 못하는
작은 것 앞에서 더 작아지고 느려지는

나사를 조이다가

돌아가는 방향은 오른쪽인데
돌리는 연장은 마이너스 드라이버이다

밀고 들어가는 수나사가 힘들어 한다는 건
멈출 때가 되어 간다는 신호인데
돌리는 일에 재미가 붙어
왼쪽 방향은 무시하고
오른쪽 방향으로 그냥 막 돌리다 보니
아뿔싸 나사가 헛돌기 시작한다
어느 세상인가는 망가졌다는 얘기이다

정점에서는
발을 앞으로 내뻗지 않는 법

통증은 새겨지겠지만
너무 조였다 싶으면
드라이버가 마이너스든 플러스든
왼쪽으로 살짝만 돌려줘도
망가지지는 않을 텐데 말이다
둘 다

젖꼭지

젖꼭지만 물고 있으면
사람이 되는 시절이 있었다

내가 빨아먹은 만큼
엄니는 졸아들고

젖꼭지에서 멀어져서도
젖꼭지를 벗어날 수 없었다

땅에서와 같이
하늘에서도 엄니는
여전히 젖꼭지를 물리고 계신다

내가 아직
사람이 덜 되었나 보다

출렁이는 두 개의 섬

엄니한테는 신비하게도
출렁이는 두 개의 섬이 있었다

섬을 즐겨 찾던 아부지는
물결처럼 출렁이는 그 섬을 통해서야
수평선에 닿을 수 있었다

나는 한때 하루도 거르지 않고
그 섬을 찾아가
봉긋한 봉우리에 목숨을 의지하며
온기 어린 세상을 만나기도 하였다

나이순으로 그 섬을 드나들던 형제들은
각자의 나침반이 가리키는 방향으로 항해를 떠난 뒤
다시는 그 섬의 파도 소리를 찾지 않았다

아부지가 수평선 너머로 썰물처럼 빠져나가자
해일만큼이나 요동치던 두 개의 섬은
갈매기도 찾지 않는 외로운 섬이 되었다

어떤 파도 소리도 내지 않고
출렁이지도 않는
고고한 두 개의 섬이 되었다

절경
– 그녀를 사랑하는 방법 7

멀리 갈 것도 없다

절경을 찾아
전국을 돌아보고
해외도 다녀 보았다

남쪽에 있는 내가
분단국가에서 무려
북쪽에 있는 금강산도 가 보았다

여기저기
밖으로 돌아보고서야 알게 되었다

절경은
저 멀리 있는 게 아니라는 것을

돌담

돌담길을 걷는데
누군가의 따뜻한 손이 필요해 보이는
늙수그레한 사람이

발길에 차인 돌멩이 한 개를 주워 들더니
돌담 구석진 자리를 찾아
끼워 넣고 있다

발에 차이던 길바닥의 돌멩이가
돌담이 되는 것이
한순간이란 건 알겠는데

늙수그레한 사람이
끼어들 만한 구석이 없는
쓸쓸한 해거름참

제2부

누구는 종소리를 쇳소리로만 듣고 누구는 말로도 들었다

자유

창공을 나는 새는
날개 위에
아무것도 쌓지 않는다

자유롭고 싶거든
너무 쌓지 말자

성호를 긋다

성부와 성자와 성령의 이름으로
아멘

바른손을 들어 올려
이마와 가슴 좌우 어깨 순으로
삼위일체이신 하느님께
기도를 드릴 때

때로는
이래저래 갈라져 있는
북과 남 그리고 전라도와 경상도가 떠오른다

성호를 긋는 것이
갈라진 한반도를
하나로 묶는 기도라는 생각이 든다

통일 기도라는 생각이 든다

착한 사마리아인의 손

가난 때문에 중학교 대신 들어간 공장에서 왼쪽 손목이 프레스에 눌려 평생을 굽은 팔로 살아야 했던 한 남자가 든 까만 우산 위로 빗물처럼 쏟아지는 어둠의 서사

비가 내리는 서울공항에서 까만 우산을 든 한 남자와 남자의 팔짱을 낀 한 여자가 비행기 탑승 계단을 오르고 있었으나 우산을 든 남자의 왼팔을 여자의 오른손이 받치고 있는 뒷모습이 팔짱을 낀 것처럼 보였다고 했다

팔짱을 끼었다고 해도 흐뭇한 일이지만 남자의 아픔이나 어려움을 한 몸처럼 느끼며 함께 극복하려는 의지의 표상으로 여자의 오른손이 남자의 아픈 왼팔을 받치고 있는 모습에서 종소리가 들려왔다

남자의 아픈 왼팔을 받쳐주는 착한 사마리아인의 온기 어린 오른손이 있지 않았다면 투명한 우산이 까매지도록 쏟아지는 어둠을 아픈 왼팔로 다 감당하기는 버거웠을 것이다 나라를 구하는 일도 그랬을 것이다

종소리 1

  성당의 종탑이 사라지면서 종소리도 사라진 줄 알았다
사라지지 않는 전설이 흐르는 드들강 길을 따라 찾아간 광
주가톨릭대학교에서 강연을 마치고 정문을 나서는데 반백
년 전에 사라졌던 송정리 원동성당의 종소리가 들려왔다
어디에서 들려오는 종소리일까

  종소리는 새의 날개나 구름을 타고 바람을 저어 아스라
이 날아가기도 하지만 대개는 상처와 결핍에 포박된 채 하
루하루를 견딤과 버팀으로 건너는 사람들 속으로 들어가
함께 살았다 동서남북을 가리지 않고 광주의 봄에도 팽목
항에도 이태원에도 여의도 국회 앞에도 사람들의 애끓는
슬픔과 간절한 기도가 엉겨 붙은 안개 자욱한 현장에 종소
리는 어김없이 함께 있었다

  성당의 종소리는 귀 달린 사람들의 몸속으로 들어가 각
자의 처지에 어울리는 소리나 말이 되어 살았다 각자의 귀
는 자신의 신념대로 종소리를 소리로 듣거나 말로 바꿔 알
아들었다 비슷한 두 개의 귀를 가지고 있어도 종소리가 하
는 말을 알아듣는 귀는 각양각색이었고 종소리가 하는 말

을 전혀 알아듣지 못하는 귀도 적지 않았다 각자의 방식대로 알아듣는 귀와 알아듣지 못하는 귀가 뒤섞여 혼돈의 세상이 계속되었다 누구는 종소리를 쇳소리로만 듣고 누구는 말로도 들었다 종소리가 사람을 통해 닿고자 하는 궁극은 사랑이었다

종탑이 사라진 지 반백 년이 지나고서야 송정리 원동성당의 그 종소리가 내게 다시 들려오다니 반백 년 전 내 몸속으로 들어온 종소리가 몸 밖으로 나가지 않고 나의 상처와 결핍을 어루만져주고 있었음에도 나는 그 종소리를 아니 종소리가 하는 말을 듣지 못하고 살았던 것이다 종소리는 어디에도 있지만 스스로 알아듣지 못하면 어디에도 없다는 것을 광주가톨릭대학교 정문을 나설 때 들려온 종소리를 통해 알게 되었다 땡! 땡! 땡!

종소리 2

언제 끝날 지 모르는 보릿고개를 서성이는 소년에게
누님은 크리스마스 선물로
시집 『하늘과 바람과 별과 시』 한 권을 건네주었고
윤동주 시인은 소년 곁을 떠나지 않았다

시집에서는 종소리가 들렸다
시를 읽는 것은 종소리를 듣는 일이었고
고픈 배를 종소리로 채우던 소년은
종소리를 들려주는 시인을 꿈꾸기 시작했다

너른 세상에 울려 퍼질 종을 만들고 싶었으나
쇠를 구할 능력이 없어 망설였더니
보이지 않는 누군가가
종을 만들 수 있도록 손을 넣어주었다

공을 들여 종을 만들었으나
걸 데가 없어
땅바닥에 그대로 둔 채 종을 쳤더니
종에서 쇳소리가 났다

종에서 쇳소리가 나는 걸 보고 있던
보이지 않는 누군가가
종을 걸 수 있는 종탑을 만들 수 있도록
손을 넣어주었다

애써 종탑을 만들었으나
종을 들어 올릴 힘이 없어
땅바닥에 그대로 둔 채 종을 쳤는데
종에서는 여전히 쇳소리가 났다

종에서 쇳소리가 나는 걸 보고 있던
보이지 않는 누군가가
종을 들어 올릴 수 있도록
손을 넣어주었다

종은
허공에 자신을 매달고서야 비로소
제 소리를 내며 산도 넘고 강도 건넜다

복음 속에 자신을 비워 가며
어려운 고비마다
보이지 않는 손이 되어준 누님이 시나브로
종소리에 탑승하곤 하였다

종지기

몸속에서 종소리가 들리기 시작했다

종지기가 누구인 줄 몰라도
하루도 거르지 않고 타종을 하였다

오래 삭힌 사유처럼
종소리는
밖으로 빠져나가지 않고
몸속에서 돌고 돌았다

너를 알고부터 시작된 종소리였기에
너에게도 전해주고 싶었으나
밖으로 꺼낼 수가 없었다

하루도 거르지 않고 타종을 하는
종지기의 손을 잡아 보고 싶어지는 날들이
연일 계속되었다

신부님*의 오른쪽

왼쪽에서 들려오는 세상의 말씀들이
그의 한쪽 귀를 가득 채워버린 것일까

황소만 한 덩치를 가진 그는
야구의 우익수도 아니고
우익은 더욱이 멀고 먼데
자꾸 오른쪽으로 너른 품을 내어준다

긴 테이블에 여럿이 앉게 되었을 때
왼쪽 모퉁이 쪽에 앉아 있던 그는
오른쪽에서 찾아오는 말씀들을 모셔 들었다

그의 오른쪽에 서 있던 성당 사무장은
내가 사무실을 방문했을 때
나에게 그의 오른쪽을 비켜주었다

내가 양쪽 귀로 들으면서도
바닥에 곧잘 흘리는 세상의 말씀들을
한쪽 귀로 들으면서도 그는

바닥에 흘리는 법이 없었다

나는 두 개의 귀로도 다 알아듣지 못하는
세상의 낮은 말씀들을
한 개의 귀로도 놓치지 않고 모셔 들었다

왼쪽에서 들려오는 말씀이 곧 그의 말씀이므로
그는 오른쪽만으로도 양쪽의 말씀들을 다
모셔 듣고 있는 것이다

* 시골 남평성당의 허우영 안드레아 신부님

47

생각의 끝 너머가 기도이다*

생각의 끝 너머로 들어가신 신부님이
오래도록 나오시지 않을 때

성당에서는 나무들도 새들도
자발적으로 기도에 갇힌 채
빠져나오지 않는다

흘러가는 구름도
성당 앞에 멈춰 서서 화살기도를 하고
발에 차이던 돌멩이들도
속으로만 키우던 멍든 말들을 기도로 바꾼다

성당에서만 그런 게 아니다
생각의 끝 너머로 들어가서
오래도록 나오지 않을 때는
자기 안에 있는 그 어떤 세계도
기도로 바뀌지 않는 게 없다

묵연의 터널을 지나

생각의 끝 너머에서 되돌아오는

종소리가 환하다

* 시골 남평성당의 허우영 안드레아 신부님의 강론 말씀 중에서

비문碑文

삶과 죽음이 따로 있지 않아 보이는
천주교공원묘원 담당 사제직을 거쳐
남평 본당 주임신부로 부임해 오신 신부님이
미사 강론 때 신자들에게 물었다

—여러분은 비문을 적어 두셨습니까?*

죽은 자가 되어 보고서야
아차 비문을 적어 두지 않고 왔구나
하고 후회하는 일이 많을 거라는 건
죽은 자들에게 일일이 연락해 알아보지 않아도
알 만한 일

비문을 맨날 짓는 게 아니라서
남은 이들에게 비문을 짓는 일은
머리 아픈 유산일 수도 있다
그렇다고 죽은 자에게
돌아와서 비문을 적어 놓고 다시 돌아가라고
할 수는 없는 일이기에
살아 있는 지금 한 문장 적어 두면 어떨까 한다

50

생에 대한 이해가 있다면
죽음 이쪽저쪽을 기웃거리거나
죽음 가까이 가지 않고도
비문 한 줄 정도는 족히 적을 수 있을 것이기에

남은 사람들이 다 아는 비문을
주인공인 내가 모른다는 건 난센스
적어도 내 말은
내 몸에서 나온 말이어야 하기에

−그림자 속에 숨겨 두었다
비문을 이렇게 적어 놓고 보니

나는 죽어서도
내 비문을 읽는 사람들의 생각이
궁금해질 것 같다
지금 내 시를 읽는 사람들의
생각이 궁금하듯이

* 시골 남평성당 허우영 안드레아 신부님의 강론 말씀 중에서

탑을 쌓는 사람

산속도 아닌 평평한 남평 마을에서
웃음으로 탑을 쌓는 사람이 있다

마음 밭을 부지런히 일구는 그 사람은
생의 곳간에서 무언가를 퍼다
이웃에게 날라다주며 얻은 웃음으로
탑을 쌓는다

그러지 마시라 그러지 마시라 해도
나눌 수 있는 게 이것뿐이라서 아쉽다며
마음씨 좋은 사람들이 하는 표정을 다 짓고

내빼듯이 돌아가는 뒷모습에도 웃음이 달려
탑을 앞으로도 쌓고 뒤로도 쌓는다

산속도 아닌 평평한 남평 마을에서
평평한 사람들 속에 웃음을 퍼다 나르며
되려 웃음을 얻어 탑을 쌓는

웃음으로 쌓고 쌓은 탑 높이가

어느덧 산마루다

운주사 와불 1

천 년 동안 나란히 누워 해찰도 없이
오직 하늘만 향하고 있는
남녀 한 쌍

앞으로도 한 천 년은 더 그러할 것 같은데
도를 닦으려면 이 정도는 돼야

운주사 와불 2

어떤 부부를 보는 것 같아서
돌아오는 길이
구만 리나 되었다

구만 리는
그녀와 내가 나란히 누웠을 때의
거리이다

스님도 승려도 아닌 것들이

운주사 와불 3

일어서려고 누운 게 아니다

드러누운 채
천년 기도가 끝나면
승천한다는 와불이 있는데

비가 오나 눈이 오나
천년 넘게 하늘 향해 기도를 하고 있음에도
승천하지 못하고 있다

어둠이 세상을 장악해
나라 돌아가는 꼬락서니가 말이 아니라며
입 달린 사람이면
다들 한마디씩 내뱉는 폭정의 시절

천불천탑의 은밀한 응원을 받으며
자리에서 벌떡 일어나 폭군을 향해
"네 이놈, 천벌을 받을지어다" 천둥 치고
그 자리에 드러누워 천년 기도를

다시 시작하곤 하는

이 세상을 너무 사랑하기에
천년이 넘도록 여태 승천하지 못하는
앞으로도 승천할 수가 없을 것 같은
정의로운 운주사 와불
이 세상에 발목이 잡혀 있다

운주사 와불 4
– 아직은 면천面天 기도 중

　세상이 못났다고 얕잡아 보길래 못난 놈들 떼거리로 일
어나 대들다 세상에게 크게 한 대 얻어맞아 금 가고 부서
지고 목 잘린 얼굴들이 길도 없이 산중으로 쫓겨 들어와
숨을 곳이 마땅치 않자 바위를 갈라 바위 속으로 숨어들어
서로의 아픈 상처 한 땀 한 땀 기워주며 숨도 제대로 쉬지
못하고 죽은 듯이 살아야만 했다

　그런 일이 있은 뒤 얼마 되지 않아 낮은 포복으로 슬금
슬금 바람이 실어 나르던 그 소문을 슬그머니 주워들은 비
구와 비구니가 함께 찾아와 바위 주변을 탐색하였으나 바
위 속에 숨어 숨소리도 내지 않고 죽은 듯이 살아가는 얼
굴들을 볼 수 있는 길이 없다는 판단이 선 것인지 대웅전
옆 작은 산봉우리로 올라가서 내려오지를 않았다

　두 사람은 가난한 사람들이 모여 사는 낮은 마을에서 어
린 시절을 함께 지내온 가까운 이웃으로 자연스럽게 작은
사랑을 키워오던 어느 봄날 불의한 세상과 맞서 싸우다 죽
거나 행방불명된 사람이 수백수천에 이른 사건이 발생했
는데 두 사람의 부모님들도 그날 이후로 만날 수가 없게

되었다

　이에 충격을 받은 두 사람은 각자 비구와 비구니의 길로
접어들게 되었고 부모님의 행방을 찾아 애를 쓰던 중 바람
이 슬금슬금 다가와 전해주는 소문을 듣고 서둘러 운주사
를 찾은 것이었다

　효심과 자비심이 바다처럼 깊고 넓은 두 스님은 바위 속
에 부모님들이 숨어 계실 걸로 믿고 그 곁을 지키면서 기도
를 통해 부모님을 만날 날을 앞당기겠다는 일념으로 지상
의 힘으로 어려우면 천상의 힘을 구하기로 하고 산봉우리
에 있는 바위 위에 나란히 누워 면천 기도를 시작했다

　그러함에도 두 스님의 소원은 쉬이 이루어지지 않았으
며 바위 속으로 숨어 들어간 얼굴들의 상처가 아무는 데는
무려 천 년의 시간이 걸렸고 또한 천 년의 시간이 그들을
석불로 변신시켰으며 산봉우리에서 면천 기도 중이던 두
스님도 그 자리에 그대로 누워 있는 석불이 되었다

바위 속으로 숨어 들어가 석불이 된 수백수천의 얼굴들이 당당히 걸어 나와 두 와불의 면천 기도가 계속되고 있는 산봉우리에 올라 천 년 동안 한시도 하늘에서 눈을 뗀 적이 없는 와불 가슴에 천 년 동안 바위에 눌려 있던 눈물을 한 방울씩 떨구는 날 그날이 바로 와불이 일어나는 날이 될 것이라는 소문이 바람결에 들려오기도 하였다

운주사 일주문

이미 열려 있지만
내가 열어야 비로소 열리는
일주문을 열고 들어가는데
기다란 그림자가 따라붙는다

혼자 들어간 건데
못난 석불을 닮은 그림자에 붙들려
혼자가 아닌 행로

불이문이 잠시 왔다 간 걸까
정오를 열고
일주문을 통과해 나오는데
동행한 그림자가 언뜻 시야 밖이다
내가 가벼워졌다

일주문을 들어갈 때
문 앞에서 서성이던 사람
지금도 서성이고 있다

열린 문은 열 수가 없다

문을 열면
문이 열릴까?

열고 나가는 게 문이고
열고 들어가는 것도 문이다

나가거나 들어가려면 문을 열어야 한다

닫혀 있지 않으면 열 수 없는 문
열린 문은 이미 열려 있으므로
열 수가 없다

문 밖에 있는 너라면
문 안에 있는 너라면

우리가 만나기 위해서는
문이 벽처럼 우리를 가로막고 있어야 한다

문을 내며 나는 새

살아 있는 것들은 모두
벽과 마주친다

거칠 것 없어 보이는
창공을 나는 새도 살아 있는 한
벽과 마주친다

겹겹이 진을 치고 있는
바람의 벽 벽 벽
날갯짓으로 날갯짓으로
문을 내며 난다

억만 개의 문을 통과하며 생긴
날개에 대한 신앙이
대양도 거뜬히 건너게 한다

봉안당 문

대단위 아파트를 닮은
고인들이 모여 사는
천주교공원묘원 부활의 집 봉안당

아파트 분양 받듯
12,558호실 중 한 개를 분양 받아
부모님이 입주해 계신다

두 분 입주하신 날은 다르지만
같은 호실 같은 문으로 들어가신 뒤
한 번도 나오신 적이 없다

들어갈 수 있는 문이라면
나올 수 있는 문이기도 할 텐데
답답해서라도 한 번쯤은
그 문을 열고 나오실 법도 하건만
문이 있어도
문을 열고 나오지 못하시고
나는 또 그 문을 열고

부모님을 모시고 나올 자신이 없고

들어갈 때는 쉬이 열리지만
수억 개의 벽과 문을 통과했던 사람도
한 번 들어가면
문 안에서 어쩌지 못하고
문 밖에 있는 나도
열지 못하는 문을
문이라 불러도 되는지 몰라

제3부

여기에서도 그곳을 살았다

길을 묻는 습한 저녁

과거는 고단할 거야
끄떡하면 현재가 과거를 불러내어
상처를 덧내는 질문을 하거든
2024년 12월 3일 습한 저녁에도 그랬어
1980년 5월 광주를 불러내어
통점을 건드리며 길을 묻고 있었어

세금이 만든 총구가
세금을 낸 시민인 나를 향하는 반란을
생방송이 보여줬어
달을 삼킨 동굴이 길들을 빨아들이자
만연한 어둠에서 부화한 짐승들이 길길이 날뛰더군

현재는 과거를 완전히 벗어날 수 없나 봐
과거도 현재를 완전히 벗어날 수 없겠지
살아서도 알 수 없는 생의 길을
죽은 이들을 불러내어 물어보곤 해

과거에게 길을 묻는 것은

과거가 길을 데리고 갔거나
길이 과거를 따라갔을 거라는
믿음이 있어서가 아니야
아니면 아득한 그곳에서 길을 내고 있거나

과거도 현재거든

과거는 이래저래 고단할 거야
깜깜한 데 누워 있을 것 같지만
편히 잠들 수 없는 과거는
차라리 현재가 되고 싶을지도 몰라
새가 되어 날고 싶을지도 몰라

그래도 과거가 있어 고마워
기억이 고마워

여기에서도 그곳을 살았다

2024년 12월 3일 밤
뜬금없이 계엄이 선포되자 1980년 5월이 바빠지고
선량해서 불안해진 시민들은
무덤 속에 누워 있는 자들을 다급히 깨워
어쩔지도 모를 자신을 그 자리에 눕혀 보다가
눕기 전에 떨쳐 일어서는 것만이
눕지 않는 길임을 알아냈다

말귀가 통하나 상식이 통하나
도통 통하는 게 없으니
생지옥이 따로 없었다

밥그릇에 고인 응달이 깊어지고
산불처럼 번져 올 지옥불을 온몸으로 막아야 했기에
바윗덩이에 깔리면 그리움이라도 가야 했기에
일터에서도 밥을 먹을 때도 응가를 할 때도
사는 일이 농성이었고
농성을 살아야 했다

나는 여기에서도 그곳을 살았다

나주에서도 광주에서도 서울에서도

나는 동시同時를 살았다

국회 앞에도 광화문 앞에도 헌재 앞에도 5·18민주광장

에도

홍길동처럼 동시에 내가 있었다

밥그릇 속의 밥알들 속에서도

노트북의 글자들 속에서도

일터의 분주한 발걸음 속에서도

두 손 모아 드리는 간절한 기도 속에서도

너를 만날 때도 헤어질 때도

내 안팎에서 농성 중인 내가 보였다

어둠은 결코 강물을 덮지 못하고

사선을 넘나든 기억들이 들고 일어나

위기의 출렁다리를 건너는 나침반이 되었다

선고 기일 지정이 고무줄처럼 늘어지자

늘어진 만큼 5·18민주광장이 달아올랐다

80년 5월 그날의 청년인 나와
반백이 다 된 내가
1980년과 2025년을 넘나들며
파면을 외치고 민주주의를 외쳤다

2025년 4월 4일 마침내
"주문, 피청구인 대통령 윤석열을 파면한다"는 선고로
죽은 자는 다시 무덤으로 돌아가고
그 자리에 누워 보기도 했던 나는
다시 땅을 딛고 일어설 수 있었다
무덤 속을 다녀온 수백만 수천만의 내가
깃발로 펄럭였다

나는 여기에서도 그곳을 살았다

송정리 9
- 두 개의 사선

불친절한 직사각형 엽서가 툭 날아들었다
오른쪽 위 모서리에
45도 각도로 나란히 서서 지켜보고 있는
두 개의 빨간 사선
3·1절이 가까워지고 있었다

새들은 자기검열한 날개를 숨기기 바쁘고
토담 아래 민들레꽃들은 파르르 경기를 일으켰다

넘어진 물컵처럼 쏟아낼 말씀이 많을 것 같은 아버지는
무엇에 홀린 듯 경찰서를 다녀오시더니
소주 됫병으로 나발을 불어
몸속 깊은 곳으로 당신의 말씀을 밀어 넣으며
그날의 기나긴 강을 홀로 건너셨다

불친절한 직사각형 엽서에만 있는 줄 알았던
누군가가 45도 각도로 쫙쫙 그어 놓은
두 개의 빨간 사선은
아버지 시간의 관절에도 세밀하게 그어지고 있었다

알고 보니
아버지만 그런 게 아니었다

송정리 10
– 극락강

송정리와 광주 사이를 흐르는 강을 건너면
극락일 거라는 우스갯말이 돌았으나
강 건너 광주가 극락일 거라고 믿는 사람은 없는 것 같
았다

3·1절을 목전에 두고
경찰서를 다녀오신 아버지는
당신의 생처럼 비탈진 강둑에 앉아
무슨 연유인지
물결처럼 주름지며 연거푸 출렁거렸다

–누구나 건너는 강이 있다고는 하지만
내가 건너야 하는 강의 깊이를 가늠할 길이 없구나

하필이면 극락강 앞에서
강을 건너니 어쩌니 하는 아버지

나의 불안을 읽기나 한 것처럼
강이 알아서 수심을 낮추고 있었다

마음보다 더 마음 같은 손이 잡은
강물보다 더 강물처럼 출렁이는 아버지의 손을
나는 놓지 않았다
놓을 수 없었다

독실한 천주교 신자였던 아버지는
극락강을 건너도 극락에는 갈 수 없다는 것을
알고 계셨을 것이다
강물보다 더 강물처럼 출렁이는 아버지의 손을
끝끝내 놓지 않으리라는 것도

16년
－ 10·29이태원참사를 기억하는 한 가지 방법

저승길은 무시험이었다

초등학교 6년
중학교 3년
고등학교 3년
대학교 4년

16년 동안
학교만 다니다
시험만 치르다
어느 순간 무시험으로
인생을 마감했다

16년 동안 학교를 다니고
16년 동안 시험을 치러 봤는데도
길이 40미터 폭 3.2미터
그 작은 골목길 하나 통과하지 못했다

정작 필요할 때 질문을 던졌으나

출제자가 답안지를 숨겨 버려
숨 한 번 마음껏 쉬러 갔다가
숨이 막혀버렸다

학교도 좋고 시험도 좋고 뭣도 좋지만
살아가는 날에
숨만은 좀 편히 쉬고 싶었다
한숨 말고

숨
숨만은

뒤척이는 옆잠

그녀의 옆잠이 뒤척이고 있다

별을 꿈꾸다가
별똥별을 맞을 수도 있는 게 인생이라며
스스로를 달래도 보지만

아파트 공사장 비계 위에서
별을 꿈꾼다고 말할 수 있었겠는가

벅찬 가슴으로 밤낮없이 노동자로 꽃피고 싶다며
황량한 벌판에서 깃발이 되어 펄럭이기도 했던

아파트 공사장 비계를 철거하던 그의 손을
허공마저 놓아버린 순간
살아온 오십 년 내력이 파노라마처럼 따라붙지 않았다면

툭! 떨어지는 것으로 끝났을 그의 현주소는
아득히 먼 어느 행성쯤 되었을 것이다

머리도 등짝도 허리도 다리도 손도 발도 성한 곳 하나
없이
   마하 속도로 생사의 갈림길을 오르내리던 그를

   죽을힘을 다해 이승 쪽으로 끌어안은 그녀가
   바닥에 가깝지만
   바닥보다는 조금 높은 보조의자에 모로 누워
   수년째 병실 침대에 붙박인 그의
   낮은 고요에 귀를 기울인다

   오직 한 사람을 지켜보기 위해
   왼쪽에 있는 그를 향해 모로 누운
   그녀의 생이 뒤척이고 있다

   베갯잇이 흥건하다

아부지의 게걸음

갯벌에 빠진 발을 빼내기가 쉽지 않았다
빠진 건 두 개의 발인데
힘들어 하는 건 온 생애였다
두 개의 발만 빠진 게 아니었다

하마터면 이 세상에 없을 뻔했던 아부지는
신체 구조상 그렇지 않은데도
신체 구조상 옆으로 걷는 게처럼
앞으로 나아가지 못하고 옆걸음질만 하셨다

손바닥에 못이 박이도록 움켜쥔 조선낫으로
서마지기 소작의 쭉정이 논을 일궜으나
철조망으로 임시 처방한 조국 허리의 만성통증에 연동된
주술 같은 붉은 서사가 천형처럼 따라붙어
산 것도 죽은 것도 아닌
한 걸음도 앞으로 나아갈 수 없는 생이셨다

갯벌에 빠진 건 두 개의 발인데
온몸이 힘들어지듯

발자국마다 울음 같은 우울이 고이고
민들레 홀씨처럼
아부지의 덧난 오랜 통증이
가족에게 옮겨 붙었다

어느 한 날도 배고프지 않은 날이 없었음에도
아이를 낳던 엄니는
어둠보다 먼저 까매지면서도
이십이 공탄 백 장을 실은 연탄 수레를 끌고
가족의 허기와 눈물이 밀어 올리는 힘으로
빙판 진 고갯길을 수도 없이 넘고 또 넘어서면서
품고 있던 새들의 여린 날개에
당신 몸으로 쓴 시를 심어 두셨다

각종 청구서는 언제나 나보다 힘이 센 권력이기에
택배기사 과로사 뉴스에 옆집 청년
사진이 올라온 것도 눈치채지 못한 채
밥을 먹는 둥 마는 둥
신발 끈을 동여맬 시간도 없이 뛰고 또 뛰는

내 노동의 일상은 구르고 또 굴러도
발목을 걸어 잠근 검은 그림자를 벗어나지 못했다

한참을 걸었으나 앞으로는 한 발짝도 나가지 못한
아부지를 닮은 게 같은 나의 생은
세월만 저만치 앞서 보낸
아부지의 깊은 발자국에 갇혀
옆으로 옆으로 게걸음질을 하고 있다

게처럼 수평의 길을 계속 걷다 보면
수평선에 닿을 수도 있겠다는 생각이 들기도 하였으나
아닐 것이라는 생각이 곧바로 따라붙었다

일벌의 침 한 방

쏘기 위해서가 아니다
쏘지 않기 위해
침 한 방을 움켜쥐고 있는 것이다

무장한 일벌들이 벌집을 지키는 것은
불가침의 영역인 여왕벌을 지키는 걸까
자신의 신념을 지키는 걸까

목숨을 던져야 할 때가 되면
일생 동안 단련한 근력과 정신력으로
우주의 에너지를 끌어모아

불의를 향해
통쾌한 침 한 방 날리고
찬란히 산화해 간다
거룩한 순교자의 길을 간다

침 한 방을 움켜쥐고 있는
일벌들은

폐품이면 몰라도

기계 장비를 들였다
비싼 값을 치렀으니 내구성을 기대했다

세월 따라
몸체가 녹슬고 부품이 닳았다

녹을 닦아내고
부품을 바꿔 끼웠다

새 부품이 들어오니
낡은 부품은 갈 데가 없어져
재활용품으로 분류해 밖에 내놨다

자전거로 재활용품을 수거하는 노인이
늙고 낡은 것들을 수거해 갔다

그것이 어디로 가서 무엇으로 쓰일지
무엇으로 재탄생할지 알 수가 없으나

폐품이면 몰라도
5만 원 정도의 가치가 있던 것이
재활용품으로 나갈 때
1원의 가치도 인정받지 못하는 걸 인정하기란
쉬운 일이 아니었다

생이 길어지고 통증이 잦을수록
이런 생각이 반복될 것 같았다

종량제 봉투

재활용품으로 분류가 어렵다 싶으면
종량제 봉투에 쑤셔 넣는다

너무 많이 버리고 있지는 않는지
너무 많이 담고 있지는 않는지

별생각 없이 계속 쑤셔 넣다 보면
복부가 터져 내장이 쏟아져 나오기도 한다

버리고 있는 것이든
담고 있는 것이든
종량제 관급봉투라는 걸 잊지 말아야 한다

어쩌다 재수 없는 착한 영혼이
쑤셔 박히는 경우가 없지 않으니

넘치지 않게
터지지 않게

텀블러

그는 카페 단골손님이다

그가 가져온 텀블러에
커피를 담는다

담는 게 커피뿐만은 아니다

불편한 텀블러를 들고 다니는
그의 다름을
닮고 싶은
나의 다른 마음도 함께 담는다

맛이 다를 것이다

어떤 의자

친한 의자에 앉아 커피를 마시는데
삐거덕
불친절한 마찰음이 새어나왔다

의자 관절이 보내는 신호인데
내 무릎이 통증으로 반응했다

의자도 나도
한 몸처럼 낡고 있는 중인 것이다

오래된 시간은 가끔
어떤 신호를 보내오곤 한다

웃음을 담았든 울음을 담았든
보내오는 신호에 신경은 바빠진다

의자의 한쪽 다리 이음새 틈을 잡아주었더니
불편한 마찰음이 사라졌다

늘 앉던 그 의자에 앉아
그녀가 내려준 따뜻한 커피를 마신다

무릎 관절 통증도 녹아내렸는지
명랑한 오늘이다

이렇게 고쳐 가며 사는 것이다

걷는 새들

가을날 유채꽃 파종을 한 사람들은
내년 봄을 앞당겨 심은 것이다

수십 마리의 참새들이 봄을 쪼아 먹고 있는
드들강 둔치

새들을 쫓아야 할지 말아야 할지 고민하며
산책길을 따라 걷는 나를 보고
그 마음 알겠다는 듯 새들이 후루룩
가을 속으로 날아올랐다

다 날아간 줄 알았던 그 자리에는
날개를 잃은 새 한 마리
창공을 날 때 날개에 저장해 둔 울음
지상을 걷는 두 발로 꺼이꺼이 뽑아 쓰고 있었다

새를 두고 날개만 날아가버린 순간
그 새의 창공도 날아가버렸을까?

내가 서둘러 그곳을 피해주자
날아간 새들 중 한 마리가 돌아와
날지 않은 새의 곁이 되어주고
두 마리 열 마리 수십 마리의 새들이
떠났던 자리로 다시 돌아와 서로의 곁이 되어주며
어딘가를 향해 종종종종 걷고 있었다

새들에게는 날개만 있는 게 아니었다

낮달맞이꽃

벌초를 생각하는 시절이 지났음에도
선거 후유증일까?
예초기의 전성시대가 시작되었다

집 앞 도로변 화단
철쭉나무 몇 그루 엉기성기 폼이 나지 않기에
낮달맞이꽃 모종 몇 포기 얻어다 심은 적이 있는데
그래서 행복했었는데

집 앞 도로변 화단 정비 작업을 하던 예초기가
철쭉이 아닌 화초는 모두 제거해버렸다
낮달맞이꽃도 곁이 되어주던 민들레도
붉은 철쭉나무만 남긴 채

꽃이 잡풀로 잘려 나가기도 하는
아이러니한 도로변 화단

지시받은 대로 잡풀을 베어 냈을 뿐이라고
예초기는 강변하지만

내가 심고 가꾼 건 순정한 꽃이었다

낮달맞이꽃 모종을 심는 내 모습을 지켜봤던 그녀가
예초기가 지나간 자리에
다시 낮달맞이꽃 모종을 심고 있는 도로변 화단

카페에서 차를 마시던 손님 한 분이
한 손에 찻잔을 든 채
이 광경을 유심히 지켜보고 있다

돌아오지 않는 꿀벌

봄이 왔다는 소식에 매화꽃을 보러 밖으로 나왔는데
시차도 없이
매화꽃 산수유꽃 개나리꽃 진달래꽃 벚꽃이 함께 피어
있었다

꽃을 멀리하면 꿀벌이 아니지
겨우내 웅크리고 있던 꿀벌들은
매화꽃이면 어떻고 산수유꽃이면 어떻고 개나리꽃이면
또 어떠냐며
이 꽃 저 꽃 가리지 않고
진심으로 꿀을 빨아댔다

빨리 찾아든 꽃들이 서둘러 떠나갈 것을 염려라도 한 듯
백 송이 천 송이 쉬지 않고 꽃들을 찾는 꿀벌들의
과로사가 걱정되었는데

꿀벌들이 집단으로 실종되고 있다며
산중에서 양봉을 하는 처형의 탄식이
스마트폰에서

벌떼처럼 윙윙거리는 어느 이른 봄날

기후온난화 경고등을 켠 찢긴 현수막이
봄바람에 펄럭이고 있었다

이면지
- A4

복합기가 A4를 세상에 내보낸다
들어갈 때와 나올 때의 A4가 같을 리 없다

어미인 나무의 목숨 바친 희생과
10리터의 물
2.88그램의 탄소 배출로
5그램의 몸무게와
210mm * 297mm 체격의 A4로 태어났으면
사는 것 같이 살아 봐야 할 텐데

선택되지 않으면
바로 구겨져 쓰레기통에 처박히거나
폐휴지로 묶인 채 실려 나가고
잘 풀려야 이면지로 재활용 되는
A4의 생

누구도 알 수 없는 게 생이라지만
판결을 기다리는 피고인의 심정으로
이면지 박스에 던져진 A4

재활용 대기 중인 불안한 생들이 보이고
연습지처럼 가볍게 사용되고 소멸될
고단한 생들이 보이고

나도 예외가 아니고
너도 예외가 아니고
우리도 예외가 아니고
미래의 누구도 예외가 아닐 것 같아

이면지 앞에서 나를 만나
오도 가도 못 하고 있는데

버려진 건 표면이지 이면은 아닌 거라고
표면은 이미 쓰였고 이면은 쓰일 거라고
재건축이 계획되고 있는 생의 이면에서

뎅~~ 뎅~~ 종소리가 울려 퍼진다

승화원 풍경

떠났는데
못 떠나고 있네

다들 못 떠나고 있는데
떠나고 있네

이 세상에 오는 순간부터
그림자처럼 따라붙은 소멸
해가 다 저물고서야 늦게사
알게 되었네

새의 날개를 꿈꾸다
새털보다 가비얍게 가비얍게
소멸을 딛고 있는 저 나그네

일생에 했던 말들이 별가루로 흩날릴 것이고
지축이 흔들릴 것이다
적어도 며칠 동안은

헌데
목련은 왜 또
벚꽃은 왜 또
빵빵화사분분

제4부

내일이 되어도 모레가 되어도 집에 도착하지 못할 것이다

제자리로 돌아갈 수 없는 계절

고쳐야 할 것이 있어
연장통이 급히 필요한데
어디에 뒀는지 생각이 나지 않는 것처럼

평소에는 눈에 잘 띄다가도
막상 필요할 때 찾으면 얼른 보이지 않는 것들이 있다

최초의 그 자리여도 괜찮고
어느 시작점이어도 좋다

본디 제자리라는 게 있는데
한참을 지나와 보니

연장통처럼
나무가 그림자의 위치를 바꿔 서듯
어디로 이동했는지
내가 보이지 않는 것이다

많이 망가지거나

흐트러진 모습에 놀라
원래의 제자리로 돌려놓고자 해도

나를 어디에 두고 살았는지
막막하여
나를 찾아 길을 헤매기도 한다

원래의 제자리로 돌려놓는 일
시간 바깥으로 나간
그걸 찾는 일은
걸음마를 배우는 일만큼이나
아득한 일이다

스마트폰

개고리가 필요 없다

온종일
자발적으로 끌려다닌다

잘 안 들립니다

잘 안 들려
나는 다시 물었다

그가 무언가를 말했는데
말을 하면서 그는
그의 말을 다 들었겠지만

말이 오다가 길을 잃은 건지
내 귀가 길을 막은 건지

듣지를 못한 건지
알아듣지를 못한 건지

다시 한 번 말해 달라며
나는
귀를 열 배로 키웠다

내가 듣고 싶은 말을
가지고 있지 않아서인지

그는

하기 좋은 그의 말만
무한 반복 재생하고 있었다

숫자를 세지 않는 새

창공을 나는 새들이
숫자를 세는 것을 본 적이 없다

숫자를 센 만큼
날개가 무거워진다는 것을
알아차린 모양이다

숫자만 좀 멀리해도
더 가볍게 살 수가 있다

없는 세계로 돌아가는 새

창공을 가지고 놀던 새가
없는 세계로 돌아간다

사는 동안 자유롭게 가지고 놀던
자신의 창공을 가지고 간다

원본은 남겨 두고
복사본만 가지고 간다

몸에 저장되어 있는 바람과 노래와 서사는
돌아갈 때
날개가 다 털어낸다

날개는 새의 세상을 운반하기도 하지만
돌아갈 때는
새의 모든 시간을 털어내면서
사라져 간다
없는 세계로

낙화의 순간

나무와 꽃이
잡고 있던 손을 놓는 순간이

꽃에게는
가장 긴 시간이다

꽃의 일생이 몰려 있다

나를 평사리로 끌고 가다시피 한 시*

평사리를 떠날 때가 되어 감을 암시하는
예언 같은 그의 시 때문에
개치나루터에는 나룻배가 정박하지 않는다

쓸쓸함은 그만의 것이 아닐 텐데
추수가 끝난 뒤의 허허로운 들녘 풍경으로
반칙처럼 훅 치고 들어온
그의 시는
급기야 나를 평사리로 끌고 가다시피 했다

세상이 그어 놓은 그림을 몇 번이고 고쳐 그렸을 것 같은
그는
이십여 년 동안 무슨 놈의 연애를 그리 질기게 해 오는
건지
평사리를 떠날 때가 된 것을 예감하는 시를 쓰고서도
여러 해 동안
평사리와 작별 하나도 하지 못하고 있었다

섬진강 젖꼭지를 물고 살아가는 악양들판에서는

문사들이 지나간 자리마다
양식이 될 준비를 마친
햇살을 가득 채운 잘 여문 벼 이삭 같은 문장들이
고개를 숙인 채
사람들의 허기를 기다리고 있었다

평사리까지 가서도
평사리를 다 둘러보지 못했으나
그의 얼굴에 나 있는 여행길에서
평사리가 거반 읽혀졌다

나는 평사리를 떠나 내게로 다시 돌아오지만
그는 여전히
늙은 자동차의 기억력에 기대어 평사리를 오르내리다가
점차 평사리로 통하는 한 길이 되어 갈 것 같은
예감이 들기도 하였다

집으로 돌아오는 길에
길을 열어주고 있던 섬진강이 물소리로 물었다

평사리가 따라오고 있는데 그냥 데리고 갈 것이냐고

달리던 차를 멈추고 뒤를 돌아보고 있는 동안
노안이 찾아들고 있었다

* 최영욱 시인의 시 「다시, 평사리」

강물 위에 쓴 시 4
— 신부님*의 창唱

한 번 흘러가면 돌아오지 않는다지만
강물은
적셔야 할 세상을 촉촉이 적시며 흐르는 것이니
그만하면 된 것 같다

미사 강론에 강물 소리를 감아오기도 하는 신부님이
축복하러 가정 방문을 오셔서
'강물 위에 쓴 시 카페'라는 상호는 볼 때마다
묵상을 하게 한다고 말씀하셨다

상호 덕을 많이 보고 있는데
강물 위에 시를 쓰면
시가 흘러가버리지 않느냐는 질문을 자주 받는다고 했
더니

시가 흐르고 흘러 드넓은 바다에 이르러서도
수많은 물고기들에게 영혼의 먹이가 되어줄 것이니
얼마나 좋으냐고 하셨다

빵 다섯 개와 물고기 두 마리로 오천 명을 배불리 먹이
셨다는
　얼마 전 미사 때 하신 복음 말씀이
　신부님의 창을 통해
　기적처럼 내게 돌아왔다

* 시골 남평성당 허우영 안드레아 신부님

강물 위에 쓴 시 5

– 세밀, 드들강에서

시가 되지 못한 강이 울고 있다
강이 되지 못한 시가 울고 있다

상념의 주름살 타고 흘러내리는 싯물
드들강 징검다리 위에 쪼그려 앉아
시가 되지 못한 강물 위에
강이 되지 못한 시를 끙끙 앓는다

아직은…
아직은…

내가 나에게로 가는 중이듯
강이 강에게로 가는 드들강
시가 시에게로 가는 시

밥을 짓듯 시를 짓는다
집을 짓듯 시를 짓는다

세밀, 드들강에서

시가 되고 싶은 강이
강이 되고 싶은 시가

내가 되고 싶은 내가

강물 위에 쓴 시 6

- 눈물의 애상곡

강 건너 그대 생각하며 애써 지은 시를
그대에게 가서 닿으라고
강변 버드나무 가지에 걸어 놓았다

물고기 사냥에 연거푸 실패한
노래를 잃은 한 마리 새가
먹잇감으로 착각하고
나뭇가지에 걸려 있는 시를 훔쳐 달아났다

버드나무 가지에 걸어 놓은 시를
그대에게 가서 닿으라고
다투어 낭송하던 물고기들이
서커스 하듯 수면 위로 솟구쳐 올랐다

자살행위와도 같은 물고기들의 유혹에 그만
물고 있는 주둥아리가 시를 내동댕이치고
허공으로 떠오른 물고기 한 마리를 낚아채 달아났다

드들강에서 들려오는 애잔한 물결 소리는

그대에게 가서 닿으라고

버드나무 가지에 걸어 놓은 시를 낭송하던 물고기들이

가족의 희생으로 구출한 시에

애써 곡을 붙인

눈물의 애상곡이다

원고에도 없는 말

겨울로 가는 중이었을 것이다

원고에도 없는 말을
시라고 내놨다

너무 준비 없는 상차림이었는지
고요했다

어떤 마음도 기웃거리지 않는
윗목에서 웅크리고 있는 찬밥 한 덩어리

겨울로 가는 중이었고
원고에도 없는 말이었으니
차마 없던 걸로 치면 안 될까

나를 뚫고 나온
나를 닮은 아인데

동그라미

아이에게 동그란 사탕 한 개를 주겠다고 하니
우와
입이 동그래졌다
우주가 동그랗게 열렸다

덩달아 동그래진 내 마음이
동그라미 속으로
우주 여행을 떠났다

산지기

산에 걸려 넘어지는 일이 없듯
너에 걸려 넘어질 일이 없어졌다

금이 가거나 깨지는 소리가 알람처럼 들려온 건
너만의 일도 나만의 일도 아니었다

나무 한 그루도 변변히 키워내지 못한 주제에
오를 수 없는 서로의 산이 되기 위해
다투어 창 없는 벽을 세우거나
사소한 돌부리에 걸려 넘어지곤 했다
서로가 벽이었고 돌부리였다

숱한 언덕길을 넘고 또 넘고서야
나무와 새들의 숲을 가꾸고 있는
네가 보였다
나에게 가려져 보이지 않던 따뜻한 산

산에 걸려 넘어지는 일이 없듯
산지기가 더 어울리는 나는

너에 걸려 넘어질 일이 없어졌다
너에 걸려 넘어지지 않으면
어디에도 걸려 넘어질 일은 없을 것이다

집으로 돌아오는 길

질문이라 말하지 않았으나 질문으로 들리는
네가 오랫동안 데리고 온 말을 듣고

아무 말 못 하고 집으로 돌아오는 길이
이리도 기나긴 만리장성일 줄이야

집을 향해 출발한 지 벌써 하루 이틀 사흘이 지났어도
나는 아직도 집에 도착하지 못하고 있다

대답을 줄 수 없는
내 마음을 지고 오는 길이
이리도 무겁고 아득한 길이 될 줄은 몰랐다

아마도 나는 내일이 되어도 모레가 되어도
집에 도착하지 못할 것이다

해설

비문碑文과 도강渡江 그리고 시의 탄생

박수연 문학평론가

1

시는 죽음의 언어이다. 그렇지만, 강이 죽음 신화를 떠올리게 하고 시인이 강물 위에 시를 쓰고 있기 때문에, 그것만 말한다면 시에 대해서는 아무 말도 하지 않은 것과 같다. 우리는 다른 말들을 더해 보아야 한다.

과거를 넘나드는 문턱 위에 언어를 기록하는 사람이 있다. 과거를 넘나드는 일은 시간의 흐름에 새긴 경험들을 다시 체험하는 일인데, 이것을 기록하는 일은 그러므로 하나의 해석에 이르러야 하는 '언어 사용'에 해당한다. 그것은 해석되어야 할 무엇인가가 숨겨진 장소를 찾는 일이고, 장소의 시간을 경험하는 일이다. 비밀을 찾는 일이라고도 할 수 있다. 왜냐하면 모든 언어 사용은 언어 이전의 세계

혹은 흘러가는 세계를 중단시켜 봉인하는 행위이기 때문
이다.

이 언어 사용 형식의 하나를 홍관희 시인은 묘비명에서
찾는다. 시집의 제목을 가져온 「비문」이다.

남은 사람들이 다 아는 비문을
주인공인 내가 모른다는 건 난센스
적어도 내 말은
내 몸에서 나온 말이어야 하기에

─그림자 속에 숨겨 두었다
비문을 이렇게 적어 놓고 보니

나는 죽어서도
내 비문을 읽는 사람들의 생각이
궁금해질 것 같다
지금 내 시를 읽는 사람들의
생각이 궁금하듯이

─「비문」 부분

시인은 봉인하고 사람들은 궁금해 한다. 시인과 독자
는 친절한 관계가 아니라 서로 묻고 뜯어보아야 하는 관계
다. 둘 사이에 알지 못할 무엇인가가 작용하고 있는데, '봉

인'과 '탐색'은 비밀에 관련된 두 가지의 행위이고, 그것의 표지는 '비문碑文'이다. 홍관희는 그것을 강물 위에 새기려 할 것이다. 보통은 죽은 자의 삶을 기려 그에 합당할 언어를 남겨 둔 것이 비문인데, 이 또한 죽음 이전과 이후를 잇는 역할을 담당한다. 이승에 "남은 사람들이 다 아는 비문"의 인물은 저승에 있다. 그가 이 세상에 남긴 흔적이 있을 것이고, 그것을 기억하는 일은 죽은 자를 삶의 현재와 이어 놓는 일이다. 비문은 죽은 자의 불가능성을 확인하면서 산 자들이 남겨 놓은 과거의 문턱이다. 그런데, 문턱에는 문이 달려 있어 행인의 손쉬운 넘나듦을 막아 놓는다는 점에서 이전과 이후에 대한 분명한 선 긋기이기도 하다. 비문은 그것의 표지이다. 표지는 문턱 너머를 봉인한 채 이승을 향해 한 인물의 죽음과 소멸을 고지告知한다. "그림자 속에 숨겨 두었다"는 '비문'으로 압축된 언어의 내용을 하나의 덩어리로 묶어 고지 형식 그대로 전달하는 문장이다. 이승 사람들은 숨겨진 사실만 알 뿐 그것이 무엇인지 알지 못한다. 시인은 봉인된 내용의 결과를 궁금해 하는 사람들의 태도에 대해서도 알고 있다. 이 태도가 "지금 내 시를 읽는 사람들의/생각이 궁금하듯이"라는 구절로 마무리될 때, 시는 '비문'과 '시문'이 벌써 하나라는 점을 환기한다. 그는 죽음의 천사 사마엘(Samael)이 '언어(language)'[1]라고 이미 생각하고 있었던 것일까? 비밀은 언제나 도달해야 할 어떤 것을 앞에 둔다. 요컨대 '죽음의 문장'은 '시의 문장'이다. 시가 죽음에 직결될 때, 시집 제목 "그림자 속에 숨겨 두었다"는 시집이 '비문-죽음'으로 봉인된 문턱 너머의 이야기들이 무엇인지, 나아가 그 이야기가 누구의 것인지에 대한 비유이다. '누구'와 '무엇'은 진리 탐색의 층위에 등장할 대상인데, 시집은 지금 그것을 '숨겨 두었다'고 말하고 있는 중이다.

비문의 비유에 대해 설명하기 위해, 그러므로 시집을 사람들이 궁금해 할 비밀들을 하나하나 꺼내 본 언어들의 집합이라고 해도 될 것이다. 이와 관련해서 '의문'의 실체에 대해서도 말해야 한다. 의문은 비밀에 대한 의문이고, '누구'와 '무엇'에 대한 의문이다. 삶이 죽음에 이른다고 말하는 사람은 삶의 진실이 무엇인지 묻는 사람일 것이다. 홍관희 시인이 그의 거의 모든 시편들을 통해 집중하고 있는 주제가 바로 이 '진실에 도달하기' 혹은 '도달 가능성'이다. 강을 건널 수 있는지 없는지, 건넌다 한들 강 건너 그대에게 갈 수 있는지 없는지, 강물 위에 시를 쓴다면 그 언어들은 얼마나 대상을 지시할 수 있는지와 같은 질문은 그의 언어 전부를 이루는 범주적 내용들이다.

시인이 비문을 적어 두기로 마음먹었던 이유는 "남은 사

---

1) 원문은 'The angel of death …… is language.'이다. 아감벤의 책 *Idea of Prose*(State University of New York Press, 1995)의 문장이다. 'language'가 일역본에서는 '언어 사용'으로 번역되어 있다. 이태리 원문은 확인하지 못했다.

람들이 다 아는 비문을/주인공인 내가 모른다는" 사실을 인정할 수 없기 때문이다. 그런데 비문으로 쓰인 시 앞에서 사람들 역시 숨겨진 것이 무엇인지 알지 못한다. 다만, 비문으로서의 시, 죽음을 환기하는 언어가 사람들 앞에 놓여 있는 것이다.

2

죽음은 고지되어 있지만, 사람들은 언제나 죽음을 고지하는 언어만을 받아들일 수 있을 뿐이다. 언어로 봉인된 봉투를 열어 볼 수 있는 방법은 없다. 죽음이라는 글자를 비틀고, 뒤집어도 그 안의 내용은 나오지 않는다. 언어가 그렇다. 홍관희에게는 강물 위에 쓴 시, 혹은 강물 위와 옆에서 강을 건너면서 치른 모든 행위가 그럴 것이다. 그의 이전 시집 『사랑 1그램』에서부터 이미 수차례 반복되고 있는 강 건너기는 강물 위의 시 쓰기가 가져다줄 실감을 몸으로 경험하게 하는 행동이다. 물 위에 글자를 새기는 일이 한없을 것이듯이 강 건너기 또한 도달할 곳을 향해 한없을 것이다. '강물 위에 쓰는 시'는 도달할 수 없는 것에 대한 인식이지만 동시에 인식 정지이다.

시간이 정지된 과거로의 문턱은 종소리이다. 「종소리 1」은 오십 년 전 사라진 종소리를 우연히 인지하게 된 화자의 각성의 소리이다. 종소리가 살아 있는 곳은 기억의 깊은 장소인데, 시인의 생애사와 관련될 송정리 원동성당 종소리(1연)가 불현듯 들려온다. 종소리의 서식지는 광주, 팽목항, 이태원, 국회 앞의 슬픔과 기도의 장소(2연)다. 종소리는 제각각의 형식으로 사람들 내부에 서식하지만 궁극은 사랑(3연)이다. 상처를 어루만져주는 종소리를 시인은 잊고 살았는데, 그 "종소리는 어디에도 있지만 스스로 알아듣지 못하면 어디에도 없다는 것"(4연)을 알게 된다. 그렇다면 종소리는 기억에서 섬광처럼 일어나면서 종소리의 풍경 전체를 한순간에 가져다주는 매개물이라고 할 수 있다. 왜 종소리가 다시 들려오는지 시인은 알지 못하지만 그것이 상처와 결핍을 위로하는 소리라는 사실은 분명히 알고 있다. 이 상처와 결핍에 대한 슬픔의 언어는 일반적으로는 죽음의 시로 통한다. 죽음을 향한 시가 과한 상상을 가져온다면 묘비명으로 쓰인 시라고 해도 될 것이다. 그리고, 죽음을 어떤 비극으로만 묶어 두는 일은 시인에게는 앞에서 살폈듯이 관심사가 아니다. 죽음은 강물로 '시간-흐름'의 이미지를 환기한 후 가족과 일상과 드들강의 이름을 덧붙여 놓는다.

　시인이 노래하는 모든 것은 그늘 속에 숨어버리기 전의 작은 생명의 이력들이다. 「뒤척이는 옆잠」은 부상당한 노동자 이력을 "수년째 병실 침대에 붙박인 그의/낮은 고요"로 또 그 고요를 지키면서 '모로 누워 뒤척이는 생'으로 묘

사하면서 함께 아프고, 「아부지의 게걸음」은 현실에서 명멸하는 저 작은 존재들의 삶을 "산 것도 죽은 것도 아닌/한 걸음도 앞으로 나아갈 수 없는 생"이라고 절망한다.

> 게처럼 수평의 길을 계속 걷다 보면
> 수평선에 닿을 수도 있겠다는 생각이 들기도 하였으나
> 아닐 것이라는 생각이 곧바로 따라붙었다
>
> — 「아부지의 게걸음」 부분

앞으로 나아가리라는 생각에서 나아갈 수. 없다는 생각으로 전환되는 때는 빠져나갈 수 없는 운명을 수락하는 때이다. 한국현대사의 질곡을 원인으로 해서 깊이 패인 화인을 지울 수 없는 상태에 놓일 때 사람이 할 수 있는 일이란 운명을 견디는 것이다. 바라는 세계에는 도달할 수 없고 주어진 세계만 살아가야 하는 일이 홍관희 시인의 운명이라면 시인의 강 건너기는 저 움직일 수 없는 끔찍한 사실에 대한 미적 전환이라고 할 만하다. 그는 이전 시집에서 강 건너는 행위를 그대에게 가는 과정으로 쓴 바 있다.

> 채 1분도 걸리지 않는 거리에 있는
> 너에게로 가 닿기 위해서도
> 강을 건너야 한다

나는 지금 너에게로 가는 중인데

너에게 가 닿기 위해

이제껏 건너온 강만 해도

헤아릴 길이 없다

— 「드들강 1」(『사랑 1그램』) 부분

시인은 여전히 강을 건너는 중일 것이다. 이 강 건너기
는 옆으로만 걸어야 하는 '아버지와 나의 게걸음'만큼이나
전진하기 어려운 것이어서, 헤아릴 수 없는 시도를 반복하
게 한다. 이 반복 시도는 홍관희 시인의 중심적 상상과 실
제라고 여겨지는데, 앞 시집 『사랑 1그램』과 이번 시집의
핵심적 화소이기 때문이다. 시인은 건너는 행위를 반복하
지만 여전히 강을 건너지 못하고 도달해야 할 그대의 땅은
강 건너에서만 존재할 뿐이다. 「너를 닮은 꽃」은 저 헤아
릴 수 없는 그대를 향한 몸짓을 역시 '강 너머에 있는 꽃'으
로 표현하고 있으며, 「강물 위에 쓴 시 6」은 강과 함께 겪는
'사랑'과 '시 쓰기'와 '꽃 찾기'가 "강 건너 그대 생각하며 애
써 지은 시"의 "눈물의 애상곡"으로 흘러가는 노래이다.

언어가 기원적 의미 하나를 확정하지 못하거나 유예될
운명이라는 사실에 대해서는 이미 여러 기호학자들이 말
하고 있다. 언어에 실린 시편들이 그 불능의 운명을 감당
해야 할 때 언어를 통해 상징 세계의 일원이 되는 인간 또
한 마찬가지 운명이라는 사실도 이제는 잘 알려져 있다.

서양의 기호학이나 정신분석학뿐만 아니라 동양의 경전들
도 말로 다 할 수 없는 세계의 논리 층위를 드러내는 데 출
중하다. 『중론』은 그 논리의 대표격일 것이다. 그러니 도달
할 수 없는 세계에 대해 도달할 수 없을 것이라 말하는 것
은 옳으면서도 그르다. 우선, 시인의 시를 보자.

질문이라 말하지 않았으나 질문으로 들리는
네가 오랫동안 데리고 온 말을 듣고

아무 말 못 하고 집으로 돌아오는 길이
이리도 기나긴 만리장성일 줄이야

…중략…

아마도 나는 내일이 되어도 모레가 되어도
집에 도착하지 못할 것이다

– 「집으로 돌아오는 길」 부분

이제 도달하지 못할 곳을 향해 지치지 않고 강을 건너는
시인을 위해, 도달하지 못하는 일은 지나온 세계의 무수한
존재들로 어느덧 이루어져 있는 것이라고 말해줘도 될 것
같다. 이것을 시인은 이미 '운주사' 와불을 통해 표현한 바
가 있는데, 그 사연과 귀결이 애잔하다. 세계에서 상처 받

은 사람들이 산중 바위 속에 숨어들어 석불이 되고, 그들의 자식 또한 스님이 된 후 석불로 화하는 이야기(「운주사 와불 4」)는 필경 핍박받는 세계의 구원 설화로 이어지기 마련이다. 그 힘은 부처와 같은 초인적 존재에 의해 가능할 것임이 분명하다. 와불의 면천面天 기도는 그 힘의 갈망을 표현한다.

다른 시들도 있다. 드들강 시편들의 주인공이기도 한 남평 본당 주임신부의 말은 신의 말을 받아 세계에 배분되는 떡의 상징을 닮아 있다. 진리가 종교적 탐구 주체를 담당하는 와불이나 신부의 지향과 무관하지 않을 텐데, 이 '진리 탐구'가 상한上限의 층위에서는 '누구'를 묻는 일이며 하한下限의 층위에서는 '무엇'을 묻는 일이라고 말한 사람은 아감벤이다.[2] 그는 성경의 '야곱'의 예를 든다. 천사와 씨름할 때 야곱은 '누구'인지를 묻는 것이고, 삼촌의 양을 기를 때는 '무엇'을 묻는 것이다. 홍관희와 관련하여 적극적으로 살펴질 내용은 이 '누구'에 대한 질문이 대상을 갖지 않는 질문이라는 사실이다.

「운주사 와불 4」는 '누구'와 '무엇'에 대한 흥미롭고 곡진한 이야기이다. 이 시에는 축약되어 노랫말로 불려도 손색없을 만큼 긴 시간의 애처로움 그리고 갈망의 눈물이 있다. 와불이 바라보는 하늘에는 '바위 속에서 상처를 치료하

---

2) G. Agamben, 앞의 책. 일역판 『散文のイデ』(月曜社, 2022)를 참고했다.

는 데 천년' '바위와 함께 석불로 변하는 데 천년', 그리고
계속될 천년이 이어질 것이다. '누구'인가를 만나기 위해
누운 와불은 '무엇'인가에 의해 일어나게 될 것이었다.

> 바위 속으로 숨어 들어가 석불이 된 수백수천의 얼굴들
> 이 당당히 걸어 나와 두 와불의 면천 기도가 계속되고 있
> 는 산봉우리에 올라 천 년 동안 한시도 하늘에서 눈을 뗀
> 적이 없는 와불 가슴에 천 년 동안 바위에 눌려 있던 눈물
> 을 한 방울씩 떨구는 날 그날이 바로 와불이 일어나는 날
> 이 될 것이라는 소문이 바람결에 들려오기도 하였다
> — 「운주사 와불 4 – 아직은 면천 기도 중」 부분

와불이 만나야 할 존재가 "수백수천의 얼굴"로 제시되
는 것은 운주사 설화의 바탕에서는 충분히 타당한 일이다.
그러나 시는 언제나 타당성의 차원을 넘어선다. 수백수천
의 얼굴은 추구해야 할 대상이지만, 그것이 사람들을 위로
하는 것은 그 대상이 부재하기 때문이라는 사실도 사람들
은 이제 수긍할 수 있을 것이다. 부재는 결핍을 보증하고,
결핍이 있는 곳이 바로 생명의 에너지가 기우는 방향이다.
반대로 결핍이 절망인 것은 그 결핍에 대해 아무 관심이나
질문도 나오지 않기 때문이다. 그 순간을 '고착된 진리'라
고도 할 수 있다. 고착된 것을 운명이라고 해도 된다. 삶이
진리에 고착된다는 것은 운명에 고정된다는 것이다. 그것

을 구원받은 삶이라고 할 수는 없다. 운주사 와불은 돌에 긴박되어 있지만, "천 년 동안 바위에 눌려 있던 눈물을 한 방울씩 떨구는 날" 일어선다는 믿음에도 묶여 있다. 그 믿음이 실현되는 순간까지 와불은 계속 일어나는 중이라고 해야 할 것이다. '천 년의 눈물'은 그렇게 진리의 하한선을 가리키는 '무엇'을 대리 표상한다. 눈물만이 아니다. 시집을 통해 발언하기 시작하는 일상적 삶의 사소한 모든 존재들은 저 진리의 하한선인 '무엇'에 대한 은유들이다. 도달하지 못해도 도달하기 위해, 일어서지 못해도 일어서기 위해, '누구'인지 몰라도 '누구'를 에워싼 '무엇'을 위해 시인은 강물 위의 시쓰기를 게걸음 걷듯 계속할 것이다.

3

와불이 수천 년을 돌에 묶여 있는 것만큼이나 그가 일어나는 순간은 그 돌의 힘과 구속을 깨트려 어떤 존재가 제 모습을 보이는 순간이다. 시가 나오는 순간에 대해 시인은 이렇게 묘사해 두었다.

나무와 꽃이
잡고 있던 손을 놓는 순간이

꽃에게는

가장 긴 시간이다

꽃의 일생이 몰려 있다

― 「낙화의 순간」 전문

  '낙화'라는 사건이 이미 특별히 눈이 가는 광경이기 때문
에 시인들은 벌써 그것을 아픈 삶의 아름다운 지경으로 자
주 노래해 왔다. 그 노래들이 시선을 둔 것은 당연히 떨어
져 날리는 '꽃잎'인데, 이는 사건의 발생을 집약하는 존재
를 향해 온 빛이 모여들기 때문이다. 홍관희는 '꽃잎'의 난
분분 이전 순간, 세계의 모든 관계가 절단되는 한순간을
바라본다. 꽃잎은 자신의 온 힘으로 하늘 안에 매달려 있
었을 터이다. "잡고 있던 손을 놓는 순간"을 위해 꽃이 일
생을 살아 왔다는 사실이야말로 여러 시인들이 낙화라는
사건에 특별히 주목한 이유일 것이다. 홍관희가 꽃잎보다
절단의 순간을 볼 때, 꽃잎이 나무로부터 풀려나 허공으로
날아가는 절단으로 존재의 온 생애를 집약할 때, 그 순간
이 바로 지상에 살아온 모든 존재의 문턱일 것이다.
  홍관희의 시가 이렇게 탄생한다. 시는 비문과 같은 죽음
의 고지이지만, 고지의 이면裏面을 알지 못해도 사람들은
시를 받아들인다. 시인은 이렇게 썼다.

성당에서만 그런 게 아니다
생각의 끝 너머로 들어가서
오래도록 나오지 않을 때는
자기 안에 있는 그 어떤 세계도
기도로 바뀌지 않는 게 없다

묵연의 터널을 지나
생각의 끝 너머에서 되돌아오는
종소리가 환하다

        — 「생각의 끝 너머가 기도이다」 부분

 생각의 끝은 세계의 끝이기도 하다. 끝에서는 어떤 절단
이 이루어져야 한다. '낙화'가 모든 완강한 관계를 잘라낸
일생의 사건이듯이, 기도는 생각의 끝에서 나오는 자기 안
의 언어이다. 시도 그럴 것이다. 죽음의 언어, 죽음의 비문
은 많은 것이 숨어 있는 곳인데, 그 안의 모습을 사람들이
알 수 없어도 그 안에서 시가 나온다는 사실을 이제 사람
들은 이해할 수 있게 되었다.

문학들시인선 041

그림자 속에 숨겨 두었다

초판1쇄 찍은 날 | 2025년 12월 18일
초판1쇄 펴낸 날 | 2025년 12월 24일

지은이 | 홍관희
펴낸이 | 송광룡
펴낸곳 | 문학들
등록 | 2005년 8월 24일 제2005 1-2호
주소 | 61489 광주광역시 동구 천변우로 487(학동) 2층
전화 | 062-651-6968
팩스 | 062-651-9690
전자우편 | munhakdle@daum.net
블로그 | blog.naver.com/munhakdlesimmian

ⓒ 홍관희 2025
ISBN 979-11-94544-24-1 03810

• 이 책은 전라남도·전남 문화재단의 후원을 받아 발간되었습니다.